dessins de
Fernand Fau

Le Secret du Manifestant

par

J. Ferny

Prix net : 2 francs.

LE

SECRET DU MANIFESTANT

Ombres du « Chat Noir »

LE
ROI DU MANIFESTANT

DRAME EXPRESS EN CINQ ACTES

Représenté pour la première fois sur le Théâtre des Ombres du « Chat Noir »
le 27 novembre 1893.

TEXTE DE JACQUES FERNY

Dessins de FERNAND FAU

PARIS

E. FROMONT, Éditeur

14, PASSAGE DU SAUMON, 14

1894

LE SECRET DU MANIFESTANT

ACTE PREMIER [*]

(Écran blanc.)

Mesdames et Messieurs, ce décor symbolique
Représente le sol d'une place publique,
Je vous en avertis ! D'abord, c'est mon devoir ;
Puis, vous pourriez ne pas vous en apercevoir !...

[*] PIANO : pour ouverture, une marche militaire.

Des brigades d'agents passent en sens inverse,

Nombreuses. Il en pleut... Il en pleut même à verse.

Si vous voulez savoir leur occupation,
Ces agents cherchent la manifestation;
Car, ce jour même, des grévistes en font une
Pour réclamer aux gouvernants de la fortune.

Donc, ils la cherchent, mais ils ne la trouvent pas.
A qui croirait devoir s'étonner de ce cas,
Je ferai remarquer, sans aucune malice,
Qu'en somme, ces agents sont tous de la police.

Un passant qui passait, de ce pas compassé
Dont passe un passant pas pressé d'être passé,

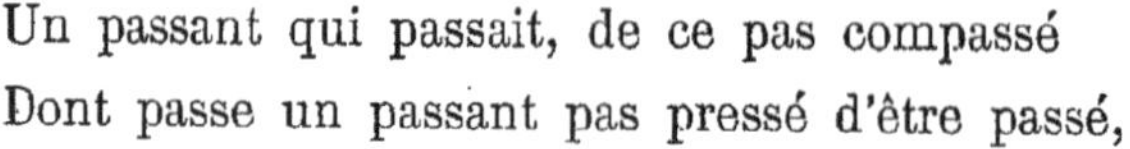

Les aperçoit, s'arrête, et soudain *manifeste*,
En élevant les bras vers la voûte céleste...
Sa surprise de voir, si nombreux en ce lieu,
Des gens ceinturonnés de cuir par le milieu !

Un officier de paix, stupéfait d'une telle
Manifestation, dit : « Sûrement, c'est elle !
Comment ! nous la trouvons en une heure de temps ?
Pourtant nous la cherchions !... Nous sommes épatants !
La police à Paris ignore la défaite !...
Je ne vois que Rachel Boyer d'aussi bien faite !

« Brigadier Cassepif !... Allons, là, vieux lutteur,
Fais-moi vite coffrer cet affreux malfaiteur ! »

Et Cassepif, ravi de ce coup de fortune,
Prend sept agents, malins et forts... comme la lune,

Et fait empoigner l'homme avec tout le respect
De règle en pareil cas, plus quelque chose avec.

ACTE II

(Écran blanc assombri très légèrement.)

Ce décor représente un endroit des plus sombres.
C'est parce qu'il s'agit de vous montrer des ombres,
Mesdames et Messieurs, qu'il demeure éclairé,
Et non point parce que le gazier s'est fourré
Dedans ; vous ne pourriez rien voir sans la lumière
Dont une ombre est nécessairement coutumière !

Or, voici qu'un agent, trouvant le lieu tentant,
D'un ton poli — d'agent — dit au manifestant :
« Bougre de saligaud ! Espèce de canaille !
Tu n'es pas pour ma botte une mince trouvaille !
Tout justement, mon vieux, je passe un examen
D'écrabouillement des passants après-demain.
Je vais pouvoir sur toi repasser mes matières ! »
Il les repasse, ainsi que s'il cassait des pierres.

(Il lui donne des coups de pied dans le derrière ; le manifestant continue
à fumer, sans paraître s'en apercevoir.)

Et le manifestant, voyez, reste aussi froid,
Ma foi, que si son c...dos était celui du roi !

Où prend-il ce sang-froid ? Où le prend-il ?... Mystère !
Oh ! moi, je le sais, mais je dois encor me taire.
Je lis le feuilleton du *Temps* chaque lundi ;
Puis, Sardou, Dennery, Valabrègue m'ont dit :
« De toute comédie ou drame en plus d'un acte
Gardez jusqu'au dernier, Monsieur, l'énigme intacte !
Vous tenez en haleine ainsi les spectateurs,
Et vous les empêchez d'aller dormir ailleurs !

ACTE III

Le commissariat. — Un banc. Un secrétaire.
Une table. Une chaise. Un pot. Un commissaire. —

Ils entrent. Aussitôt Cassepif, enchanté
D'exposer une fois de plus la vérité,
Dit qu'il amène un assassin. Le commissaire
S'écrie : « Un assassin ! C'est extraordinaire !

Je vois un assassin ! Vraiment, j'en suis baba !
Pour me remettre un peu qu'on le passe à tabac ! »

Alors, pour le passer à tabac, on l'entraîne
Dans la pièce à côté, vu que le tabac gêne

Les demoiselles qui parfois viennent aimer
Le commissaire. Aussi : DÉFENSE DE FUMER !

Bruit à la cantonade. On tape sur sa poire,

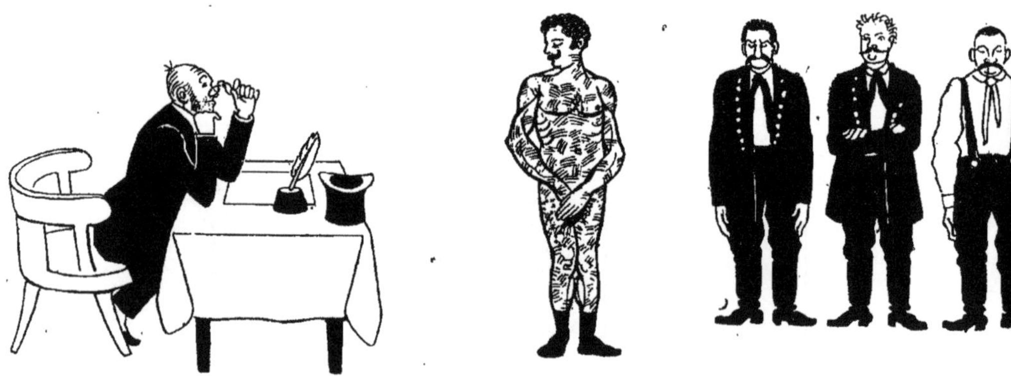

Puis, on voit s'il est mûr pour l'interrogatoire.
Or, il a sur le corps un coin qui n'est pas bleu.
Le commissaire dit : « Agents, finissez-le ! »

On le finit.

Parfait! Ensuite il se rhabille
Et vient demander à rentrer dans sa famille.
Alors, que voyons-nous? Un prodige nouveau
A nous faire arrondir les deux yeux, — tel un veau.
Lui n'est point fatigué. Ces coups sur son écorce
Paraissent même avoir galvanisé son torse.

Frais, gaillard comme Henri Bauer ou Léon Kerst,
Presque aussi bien portant que Cornélius Herz,
Le monocle allumé de flammes orgiaques
Trahissant des ardeurs anti-bérengiaques,
Resanglé, repeigné, droit, correct, élégant,

—| Tels le duc de Morny, le prince de Sagan,
Tels monsieur de La Rochefoucauld-Doudeauville
Ou les cavaliers du bal de l'Hôtel de Ville, —
Il apparaît fringant, gracieux et dispos
Comme Félicia Mallet ou Galipaux !
Tandis que les agents, fourbus, vannés, sinistres,
Sont plus finis que s'ils avaient été ministres.
Chacun d'eux fait songer à l'aspect indécis
D'un chapeau sur lequel on se serait assis,

Ou bien à Clémenceau, depuis qu'il est par terre,
Allant se promener dans le *Var, solitaire!*
« L'animal! Qu'il est dur! dit Cassepif défait,
Exténué, malade, à son chef stupéfait;
Je ne connais pas madame la commissaire,
Mais ce manifestant est une sale affaire! »
— « Dame! répond le commissaire, un assassin!
Je me doutais, parbleu! que ce n'était pas sain!...

Enfin, Monsieur, c'est bon! Filez, je vous relâche;
Mais retenez ceci: vous êtes un grand lâche! »

ACTE IV

Et le manifestant, traité de lâche, hélas!
Sort, et sur le trottoir, tire un panatellas.

Et cependant qu'il se promène au clair de lune,
Une femme blonde passe, puis une brune...
Psstt!... Il se retourne... Eh! la brune a des appâts!

Psstt!...La blonde non plus, d'ailleurs, n'en manque pas!...(*)

(*) Un long temps. — Piano pendant tout ce manège, valse gaie.

Les deux!... Il prend les deux!... en soupirant sans doute:
« Huit francs! voilà ce que la police me coûte! »

(Changement. — Nuages, tonnerre, éclairs, pluie. Les agents passent éreintés,
toussant, éternuant et grelottant sous l'averse. — Au lointain, deux heures
sonnent lugubrement.) (*)

Et cependant qu'au loin l'heure sonne au beffroi...
Chacun des huit agents attrape un chaud-et-froid!

(*) Piano : *Dies iræ.*

ACTE V *

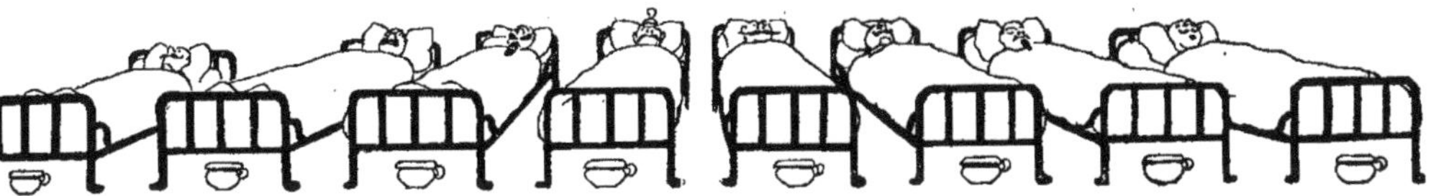

Leurs jours sont condamnés!... Ils vont quitter la terre!
Victimes d'un bourgeois à la peau réfractaire,
Ils ont cogné jusqu'à l'épuisement fatal,
Et crachent leurs poumons sur un lit d'hôpital.
(Conséquence fâcheuse, et qui, d'ailleurs, en thèse
Générale, est dégoûtante, par parenthèse.)
Ils songent en mourant, ils se disent : « Qu'avait
Ce monsieur qui riait des coups qu'il recevait?
Un truc, oui, mais quel truc cela pouvait-il être?...
Ah! mais, va-t-il falloir mourir sans le connaître!... »

Non! car voici que le manifestant paraît!

(*) PIANO : *Leurs jours sont condamnes...*

Il dit : « Messieurs, ayant appris avec regret
Que vous alliez, par une astucieuse absence,
Vous soustraire aux lenteurs de la convalescence,
Je viens vous récréer par l'explication
Du fait qui va causer votre inhumation...

Mithridate avait un défaut : c'était de boire.
Il buvait du poison surtout, nous dit l'histoire.
(L'absinthe, ce n'est que depuis qu'on l'inventa ;
Mais le poison donnait le même résultat.)

Bref, il en contracta l'habitude. Latude,
Lui, deux mille ans plus tard, contracta l'habitude
De la captivité. Bien. C'est précisément
Ce qui m'arrive à moi, Messieurs, voici comment :
L'ennemi, n'est-ce pas? pour l'agent de police,
C'est le passant! Passer est un ignoble vice !
Mais lorsqu'en outre un de ces passants détestés
Est député...

VOIX EXPIRANTES DES AGENTS. (*)

Nous nous foutons des députés!

LE MANIFESTANT.

J'allais le dire!... Eh bien, Messieurs, j'ai l'honneur d'être
Député! je ne me suis point fait reconnaître
Cette fois, mais jadis je le faisais toujours.

(*) Dans la coulisse.

J'ai reçu de ce fait, en soixante-dix jours,
Cent huit renfoncements et quatre-vingts roulées.
Au commencement, ces piles accumulées

Produisaient sur ma peau des inflammations,
Et j'avais mal dans les articulations.

Mais, à présent, on peut cogner sur ma personne,
Messieurs, ça me chatouille à peine quand ça sonne !

Vous vous êtes brisés contre un derme endurci
Comme celui de monsieur Fichel Emrussi,
Qui, lorsqu'au bas du dos un coup de pied l'attrape,
Prête l'oreille, et dit simplement : « Tiens ! on frappe ! »
Et voilà le secret, Messieurs, de votre mort. »
Il dit, et cependant qu'ils expirent, il sort.

(Coup de cymbales. Changement)(*)

(*) PIANO : *Anges purs...*

Enfin, monsieur Sarcey, notre oncle !... Apothéose !...

« Je ne viens pas ici pour le faire à la pose,
Proteste-t-il, non, non, je sers au dénoûment.
L'auteur, embarrassé pour finir congrûment,
A fait intervenir ma physionomie,
Et je dois dire avec esprit et bonhomie :

« Les députés, des noirs et des bleus triomphants,

» Vivent longtemps, heureux, ils ont beaucoup d'enfants.

» L'agent, à les frapper, meurt d'une courbature. »

MORALITÉ

» L'habitude est une seconde nature. »

Rideau. (*)

(*) Piano: *La Marseillaise.*

IMP. CHAIX. — 3428-2-94.